말썽꾼 해리와 지하 감옥

감사의 말

담당 편집자 제인 세이터, '착한 콩' 프로그램을 진행했던 동료 교사 밸 비탈로,
빌방에 갔던 경험을 들려준 동료 교사 엘런 시란에게 특별히 감사의 인사를 드립니다.

아래의 2학년 우리 반 아이들,
콜비 게인즈, 마리사 디안젤로, 마이클 라이스, 데이비드 레이에스, 숀 맥도넬,
다니엘 메를리, 에릭 모사코프스키, 크리스토퍼 모셔, 마크 보즈니츠키, 아리엘 셀러단,
라이언 스미스, 레이 스콰이어스 주니어, 제프리 시저, 멜리사 월리스, 래넌 타이렐,
재클린 트리보우, 크리스토퍼 파슐리, 디아나 포터, 케이티 풀, 니콜 프리메라노,
아만다 픽슬리, 티머시 핑클, 크리스틴 하트,
그리고 1996년 2월에서 6월까지 교생으로 자원봉사한 에밀리 클라인에게

사랑을 담아서 이 책을 바칩니다.

동화는 내 친구 71

말썽꾼 해리와 지하 감옥

초판 2쇄 2015년 2월 5일 | 초판 1쇄 2012년 12월 26일
지은이 수지 클라인 | 그린이 프랭크 렘키에비치 | 옮긴이 햇살과나무꾼
펴낸이 박강희 | 펴낸곳 도서출판 논장 | 등록 제10-172호·1987년 12월 18일
주소 121-883 서울시 마포구 합정동 413-16 전화 02)335-0506 팩스 02)332-2507
ISBN 978-89-8414-156-8 73840 · 978-89-8414-171-1(전5권)

동화는 내 친구 71

말썽꾼 해리와 지하 감옥

수지 클라인 글 | 프랭크 렘키에비치 그림 | 햇살과나무꾼 옮김

논장

지하 감옥에는 어떤 위험이 도사리고 있을까?

우리 선생님이 말을 이었다.

"안됐지만 해리는 오늘 하루 동안 스쿠그해머 선생님이랑 같이 벌방에 있을 거예요. 해리가 내일 더 좋은 모습으로 돌아왔으면 정말 좋겠군요."

해리가 자리에서 일어났다.

해리는 사형장으로 끌려가는 죄수처럼 미적미적 책상 사이를 걸어갔다.

해리가 마지막으로 나를 돌아보며 다섯 손가락을 쫙 펼쳤다. 나는 너무 마음이 아팠다.

내 친구는 아무 잘못도 없었다. 짓지도 않은 죄를 뒤집어쓰고 지하 감옥으로 끌려가고 있었다.

차 례

지하 감옥

"안녕하세요, 여러분."

교실 스피커에서 교장 선생님의 목소리가 흘러나왔다.

"잠깐 하던 일을 멈추고, 귀를 기울여 보세요. 나쁜 소식이 있습니다."

나쁜 소식이라고?

나는 그물망 안에 매달린 나비 번데기를 관찰하다가 멈칫했다. 송이는 왼쪽 오른쪽이 똑같은 나비 날개를 그리다가 멈추었다.

선생님은 읽고 있던 책을 내려놓았다. 《바솔러뮤 커빈즈의 모자 500개》(미국 작가 닥터 수스가 쓴 그림책 : 옮긴이)라는 책이었다. 선생님은 바솔러뮤가 지하 감옥에서 목이 막 잘리려는 장면을 읽어 주던 참이었다.

해리는 여전히 책상을 당구대 삼아 당구를 치고 있었다. 해리가 지우개가 달린 연필로 조그만 찰흙 공을 톡 쳤는데, 선생님이 성큼성큼 걸어와 찰흙 공을 싹 집어 들었다.

이제 교실에 있는 사람들은 모두 작은 구멍이 송송 뚫린 은색 스피커를 빤히 바라보며…… 교장 선생님의 다음 말을 기다렸다.

"여러분, 요즘 우리 사우스 초등학교의 몇몇 아이들이 자꾸 규칙을 지키지 않아요. 물론 지금은 6월이고, 보름만 있으면 여름 방학입니다. 하지만 그런 핑계로 잘못된 행동을 해서는 안 되죠. 이제부터 학교 규칙을 지키지 않는 학생은 누구든지……."

교장 선생님은 잠시 말을 멈추었다가 이어 말했다.

"'벌방'으로 보내겠습니다."

해리와 나는 서로 눈짓을 주고받았다.

내가 해리에게 귓속말로 소곤거렸다.

"나, 거기 봤어. 꼭 감옥처럼 생겼더라. 지하에 퀴퀴한 냄새가 풀풀 풍기는 옛날 음악실 있잖아. 거기가 벌방이야. 수위 아저씨가 말해 줬어. 거기는 죄다 시멘트 벽이야. 창문도 없다고."

해리가 내 쪽으로 바싹 다가와 속삭였다.

"야, 더그. 우리, 거기를 지하 감옥이라고 부르자."

"지하 감옥이라면 문이 천장에 있어야지."

선생님이 "쉿!" 하며 우리 둘을 조용히 시키고는 벽에 달린 스피커를 가리켰다.

교장 선생님의 목소리가 계속해서 왕왕거렸다.

"벌방에 가게 되면, 공부도 거기서 하고 점심도 거기서 먹어야 합니다. 온종일 거기 있어야 하죠. 벌방 감독 선생님도 오실 겁니다. 선생님 이름은 스쿠그해머입니다."

"스쿠그해머라고? 꼭 바이킹들이 쓰던 무기 이름 같네."

내가 투덜대자 해리가 대꾸했다.

"사형 집행인 이름 같기도 한데."

그러면서 자를 집어 들어 찰흙 공을 반으로 뚝 잘랐다.

교장 선생님이 덧붙였다.

"자, 그럼 기쁜 소식으로 마무리하죠. 사실은 벌방뿐 아니라 '착한 콩' 게시판이란 것도 생겼답니다. 여러분이 아주 생각이 깊고 친절한 일을 하면, 담임 선생님이 콩 꼬투리 모양의 초록색 종이에 여러분이 한일을 적어 콩 상자에 넣어 주실 거예요. 그러면 내가 아침마다 '콩 방송' 시간에 읽어 줄 겁니다. 착한 콩 꼬투리는 복도에 있는 콩 줄기에다 붙이고요."

해리가 불쑥 내뱉었다.

"진짜 콩 줄기라면《잭과 콩 줄기》에 나오는 거인도 만들어야지."

송이가 키득거렸다.

메리는 얼굴을 찡그렸다.

"해리, 넌 죽었다 깨어나도 콩 못 받을 거야."

선생님이 "쉬잇!" 하고 손가락을 입에 댔다.

"그럼 여러분, 오늘도 즐겁게 보내고, '착한 콩'이 되는 거, 잊지 마세요."

방송이 끝나자, 선생님이 아무것도 쓰여 있지 않은 초록색 콩 꼬투리를 잔뜩 보여 주었다.

"우리 반에서 콩이 많이 나오면 좋겠구나."

해리가 투덜거렸다.

"난 콩이 너무 싫어요. 콩은 마법의 씨앗이거든요.

먹으면 먹을수록 방귀가 뿡뿡 나온다고요.”

아이들이 까르르 웃음을 터뜨리자, 선생님이 팔짱을 착 꼈다.

“아직도 그런 말이 돌아다닌다니, 믿을 수가 없네. 선생님 초등학교 때도 애들이 그렇게 말하곤 했었는데.”

메리가 물었다.

“선생님, 몇 살인데요?”

"선생님 나이를 알아맞히려면, 수학 문제를 풀어야 하는데? 자, 해 볼래?"

나는 앞으로 바짝 다가앉았다.

해리는 뒤로 쭉 기댔다. 해리는 골치 아픈 수학 문제 같은 건 딱 질색이다.

"8 더하기 8, 빼기 1, 더하기 15, 빼기 2, 더하기 3."

내가 막 답을 구한 순간, 시드니가 소리쳤다.

"저기 봐! 번데기에서 나비가 나왔어!"

모두들 고개를 돌려 교실 한가운데에 매달려 있는 커다란 노란색 그물망을 쳐다보았다. 나비는 꼼짝도 하지 않았다. 그저 날개를 위로 바짝 치켜들고만 있었다.

선생님이 손뼉을 치며 말했다.

"우리 예쁜 나비 좀 봐! '작은멋쟁이나비'란다. 오늘은 송이가 선생님 조수니까, 가서 교장 선생님 좀 모시고 와. 우리 2학년 2반에 좋은 소식이 있다고 말씀드리고."

송이가 교실에서 나간 뒤에 선생님이 중요한 얘기를 했다.

"이 마지막 단계에서, 반드시 명심해야 할 것이 있어. 나비는 날개가 다 말라야 날 수 있단다. 그러니까 절대로 그물망을 흔들거나 날개를 건드리면 안 돼."

우리 모두 "네, 선생님." 하고 대답했다.

그때 교장 선생님이 교실 문 앞에 나타나서 물었다.

"좋은 소식이 뭔가요?"

아이들이 소리쳤다.

"저기 보세요!"

"아, 나비가 나왔구나! 만세! 생명이란 정말 신비롭지!"

그때 갑자기 스피커에서 서무 선생님의 목소리가 흘러나왔다.

"교장 선생님?"

교장 선생님이 은색 스피커가 있는 곳으로 걸어가서 버튼을 누르더니 "네." 하고 대답했다.

"스쿠그해머 선생님이 오셨어요. 벌방으로 모셔다

드릴까요?"

그 말에 교실이 쥐 죽은 듯 조용해졌다.

교장 선생님이 은색 스피커에 대고 대답했다.

"그래요. 지금 5학년 남학생 둘을 스쿠그해머 선생님한테 데려가죠."

해리가 귓속말로 소곤거렸다.

"첫 번째 죄수, 두 명!"

나는 고개를 끄덕였다.

"스쿠그해머 선생님은 어떻게 생겼을까?"

해리가 나지막이 대답했다.

"알아보고 올게."

1분 뒤, 해리가 손가락 두 개를 들었다. '화장실 갔다 와도 되나요?'라는 뜻이다.

선생님이 얼굴을 찌푸렸다.

"15분만 있으면 수업 끝날 텐데, 그때까지 못 참겠어?"

그러자 해리가 자리에서 일어나 깡충깡충 뛰었다.

"쌀 것 같다고요."

메리가 얼굴을 찡그렸다.

"해리는 절대 콩을 못 받을 거야. 어쩜 저렇게 지저
분하냐!"

선생님이 고개를 끄덕이자, 해리가 핵 튀어 나갔다.

그러고 나서 다른 아이들은 모두 두 번째 나비가 번
데기에서 나오는 모습을 구경했다. 하지만 나는 교실
문만 빤히 바라보았다. 해리가 어서 돌아와 스쿠그해
머 선생님과 지하 감옥 이야기를 들려주기를 바라며.

스쿠그해머 선생님

해리가 다시 교실 문 앞에 나타났을 때, 나는 하마터면 해리인 줄도 몰라볼 뻔했다. 해리의 머리카락이 몽땅 쭈뼛쭈뼛 서 있었다.

눈알은 툭 튀어나올 것 같았다.

해리는 덜덜 떨면서 자리로 돌아왔다.

나는 아이들을 돌아보았다. 아이들은 여전히 작은 멋쟁이나비들을 보고 있었다.

해리가 내 옆에 털썩 주저앉았다.

"봤어."

"스쿠그해머 선생님?"

"응, 스쿠그해머 선생님."

해리는 볼링공을 떨어뜨리듯 책상에 머리를 쿵 처박았다.

나는 해리의 머리카락을 살펴보았다. 머리카락이 축축하게 젖어 있었다.

내가 물었다.

"어떻게 된 거야?"

해리가 고개를 돌리자, 검은 눈동자가 무지무지 커진 것이 보였다.

해리가 막 입을 떼려는 순간, 선생님이 말했다.

"자, 이제 과학 동아리 시간이야."

나는 다시 귓속말로 물었다.

"어떻게 된 거야?"

"이따가 말해 줄게……."

나는 얼굴을 찡그렸다.

지금 당장 스쿠그해머 선생님 이야기를 듣고 싶은데.

송이랑 메리, 아이다가 나비 그물망 쪽으로 책상을 밀었다. 송이랑 메리랑 아이다는 나비 동아리다.

독수리 동아리인 시드니와 덱스터도 한 탁자에 앉았다. 둘은 독수리 그림이 들어 있는 커다란 액자도 있었는데, 시드니가 집에서 가져온 것이다.

해리와 나는 둥근 책상으로 자리를 옮겼다. 해리와 나는 뱀에 대해 스무 쪽이나 조사했다. 우리는 뱀 동아리니까. 선생님이 메모 판을 들고 기다리고 있었다.

이번에는 선생님이 우리 동아리를 살펴볼 차례였다.

선생님이 해리에게 물었다.

"왜 머리카락이 젖었니?"

"열이 나서 좀 식혔어요."

"화장실 세면대에서 머리를 감으면 안 되잖아."

그러자 해리가 빙긋이 웃었다.

"세면대에서 감지 않았어요. 식수대에서 감았어요."

선생님이 버럭 소리쳤다.

"해리! 자꾸 그렇게 엉뚱한 짓 하면, 선생님도 더는 못 참아."

나는 서둘러 말을 돌렸다.

"우리가 쓴 것 좀 보실래요? 무려 스무 쪽이나 돼요."

선생님이 우리 공책을 휘리릭 넘겨 보았다.

"그래, 정말 열심히 했는데, 책에 있는 말을 모조리 베껴 쓸 필요는 없어. 필요한 것만 골라 써야지. 뱀에 대해 꼭 알아야겠다 싶은 것만 써."

그리고는 선생님이 돌고래 동아리를 보러 가자, 나
는 해리 쪽으로 의자를 바싹 당겨 앉았다.

"이제 스쿠그해머 선생님 얘기 좀 해 봐."

"스쿠그해머 선생님은 붉은 턱수염을 길렀어."

"그리고?"

"젊은 선생님이고, 털이 북슬북슬해."

"털이 북슬북슬하다고?"

"반바지를 입고 있어서 맨다리가 보였거든."

내가 물었다.

"다리털이 북슬북슬하다는 말이야?"

"응, 그리고……."

해리는 잠시 멈추었다가 말을 이었다.

"어깨에 커다란 검은색 가방을 메고 있었어. 울룩
불룩 튀어나온 가방을."

"안에 뭐가 들어 있는데?"

"아마 채찍이나 쇠망치나 쇠사슬일걸. 엄청 무거웠거든. 내가 직접 들어 봤어."

"가방을 들어 봤다고?"

"그렇다니까."

내가 물었다.

"도대체 어디 갔었는데?"

"지하에. 내가 가니까 마침 스쿠그해머 선생님이 벌방에서 나오고 있던걸. 선생님은 체육관을 지나 남자화장실로 들어갔어."

"그래서 화장실로 쫓아 들어갔어?"

해리는 고개를 끄덕였다.

"선생님은 화장실 바닥에 검은 가방을 내려놓고 칸막이 안으로 들어갔어. 그런데 가방이 살짝 열려 있어서 손을 집어넣어 보았지."

"응, 그랬더니?"

"그랬더니 뭔가 날카로운 게 손을 쿡 찌르지 뭐야."

"진짜?"

"못이 삐죽삐죽 박힌 무기 같았어. 옛날에 기사들이 쓰던 거."

"철퇴 말이야? 세상에!"

"아무튼, 그때 스쿠그해머 선생님이 나오는 바람에, 세면대로 달려가 내 손에 묻은 피를 씻어 냈지."

"선생님 얼굴 봤어?"

"응, 봤어. 눈썹에다 귀걸이를 하고 있더라고."

"엑, 눈썹에다?"

"그렇다니까. 게다가 머리 모양은 꼭 수세미를 얹어 놓은 것 같았어. 진짜 이상한 사람이야. 그 선생님이 지하 감옥으로 돌아가고 나서, 나는 정신을 차리려고 식수대에 가서 머리를 식혔다니까. 그런 선생님이랑 온종일 같이 있는 건 죽어도 싫어."

"하지만 커다란 검은색 가방에 뭐가 들어 있는지 보고 싶잖아."

해리는 고개를 끄덕였다.

"그래서 작전을 짜고 있어."

"정말?"

"응. 다 짜면, 내가 눈썹을 세 번 꿈틀거릴게. 그럼 내가 시키는 대로 해. 알았지?"

나는 "으응." 하고 천천히 대답했다. 하지만 별로 내키지 않았다.

해리의 커다란 검은 가방 작전은 어쩐지 위험할 것 같았다.

티격태격, 번쩍,
커다란 검은 가방 작전

그날 오후 수학 시간에, 해리는 계속 찰흙 공만 빚었다. 그리고는 자로 찰흙 공을 뚝뚝 잘라 반 토막을 냈다.

해리가 소곤거렸다.

"난 분수가 싫어. 너무 지겹다고."

그때 뒤에서 선생님 목소리가 들렸다.

"찰흙 공 하나를 반으로 자르면, 그게 바로 2분의 1이지."

해리는 후닥닥 수학 문제지를 꺼냈다. 해리는 문제를 하나도 풀지 않았다.

선생님이 넌지시 말했다.

"벌방에서 풀고 싶니?"

해리가 갑자기 열심히 문제를 풀었다.

몇 분 뒤에 교실 문 쪽에서 교장 선생님 목소리가 들렸다. 나는 고개를 들었다. 교장 선생님이 사진기를 든 아줌마랑 같이 서 있었다.

"2학년 2반 여러분, 이분은 신문사에서 오신 카마야 씨예요. 내가 신문사에 전화를 걸었죠. 새로 태어난 나비도 보고, 여러분이 과학에 얼마나 흥미가 깊은지도 보러 오라고요."

교장 선생님이 그렇게 말하고 떠나자, 우리 선생님이 기자 아줌마한테 가서 인사를 했다.

"어서 오세요, 카마야 씨. 여러분, 지금 과학 동아리 활동을 해도 될까요?"

해리가 대뜸 말했다.

"네! 우리 뱀 동아리, 사진 찍어 주세요. 우리 동아리가 최고니까요!"

그러자 시드니가 고개를 돌렸다.

"아뇨, 우리 독수리 동아리가 최고예요. 우리 독수리 그림이 쟤네 그림보다 훨씬 좋거든요. 게다가 독수리는 뱀을 잡아먹잖아요."

해리가 주먹을 불끈 쥐었다.

선생님이 "얘들아!" 하고 소리쳤다.

선생님은 당황한 것 같았다. 그저 눈만 동그랗게 뜨고 있었다.

선생님이 기자 아줌마를 돌아보며 설레설레 고개를 저었다.

"보시다시피, 이렇답니다. 6월이 되면, 아이들을 다루기가 힘들어져요."

기자 아줌마가 빙그레 웃었다.

"저도 아이가 셋이나 있어서 잘 알고 있어요. 별것도 아닌 일로 티격태격하죠."

해리가 시드니와 덱스터가 앉아 있는 독수리 동아리 탁자로 뚜벅뚜벅 걸어갔다.

"뱀도 독수리를 잡아먹어."

덱스터가 대꾸했다.

"아냐, 독수리가 뱀을 잡아먹어. 멕시코 국기에 독수리가 뱀을 잡아먹는 그림이 있다고!"

번쩍!

기자 아줌마가 우리 사진을 찍자, 선생님은 손으로 눈을 가렸다.

내가 말했다.

"그게 뭐 어쨌다고. 독수리는 헤엄도 못 치잖아. 뱀은 칠 수 있는데. 이 그림을 봐."

해리와 나는 돌돌 말아 놓았던 기다란 그림을 풀었다. 해리와 내가 그린 3미터짜리 바다뱀이었다.

번쩍!

이번에는 덱스터가 주머니에서 25센트(미국의 화폐 단위. 100센트가 1달러임:옮긴이)짜리 동전을 꺼냈다.

"독수리는 동전이랑 지폐에도 그려져 있다고."

그때 갑자기 송이가 모두에게 나비 망으로 오라고 손짓했다.

"이것 봐! 방금 마지막 작은멋쟁이나비가 번데기에서 나왔어. 이 나뭇가지에 꼼짝 않고 앉아 있어."

번쩍! 번쩍! 번쩍!

기자 아줌마는 나비 동아리와 이야기를 나누었다. 그러고 나서 선생님이 기자 아줌마를 교실 문까지 바래다 주었다.

"새로 나온 작은멋쟁이나비 봤어?"

송이가 해리와 나에게 물었다.

우리는 나비를 보았다.

"나비 먹으라고 그물망 안에 설탕물 넣어 주려고."

송이는 그물망 바닥에 설탕물이 담긴 뚜껑을 살며시 내려놓았다.

"진짜 예쁘지?"

송이가 말하자, 우리는 고개를 끄덕였다.

그런데 그 순간, 송이가 그만 일을 저질렀다.

번데기에서 갓 나온 작은멋쟁이나비의 날개를 살며시 쓰다듬은 것이다.

해리와 나는 헉하고 숨을 삼켰다.

내가 소리쳤다.

"나비 날개를 건드렸어! 이제 나비가 날개를 못 쓸지도 몰라!"

그때 선생님이 다시 교실로 들어왔다. 기자 아줌마가 막 떠난 뒤였다. 선생님이 "무슨 일이니?" 하고 물었다.

송이는 눈물을 주르륵 흘렸다.

선생님이 물었다.

"누가 나비 날개를 건드렸어?"

아무도 말이 없었다.

"선생님이 오늘 아침에 나비 만지지 말라고 단단히 얘기했을 텐데. 그러면 나비가 날지 못할 수도 있다고!"

송이는 아예 흑흑 흐느껴 울었다.

"누가 그랬어?"

해리가 팔꿈치로 내 옆구리를 쿡 찔렀다. 내가 해리를 바라보자, 해리는 눈썹을 세 번 꿈틀거렸다.

커다란 검은 가방 작전이었다!

나는 눈살을 찌푸렸다.

'왜?'

나는 몸짓으로 물었다.

해리도 몸짓으로 대답했다.

'선생님한테 내가 그랬다고 해.'

'뭐?'

해리한테 잘못을 덮어씌우라고? 어떻게 그럴 수가 있어? 해리는 내 친구인데. 게다가 해리는 아무 잘못도 없었다.

나는 송이를 보았다. 송이는 아직도 울고 있었다. 나는 송이가 야단맞는 것도 싫었다.

그때 해리가 다시 내 옆구리를 쿡 찌르며 눈썹을 아래위로 세 번 꿈틀거렸다.

이것이 바로 작전이었다.

천천히, 나는 입을 뗐다.

"해리가…… 그랬어요……."

"해리가?"

하고 선생님이 물었다.

"네, 제가 그랬어요."

송이가 고개를 들어 해리를 보더니, 블라우스 소매로 눈물을 닦았다.

선생님이 말했다.

"이제 더는 못 참겠다, 해리! 넌 내일 벌방행이야."

'해리가 지하 감옥으로 가게 생겼어!'

선생님이 책상으로 가서 해리의 부모님에게 보낼 편지를 쓰자, 해리는 팔짱을 척 꼈다.

"이제 스, 스쿠그해머 선생님의 검은 가방에 뭐, 뭐가 들어 있는지 알아내겠어."

나는 해리를 빤히 쳐다보았다.

해리는 남자다운 척했다.

하지만 말을 더듬고 있었다.

내가 물었다.

"스쿠그해머 선생님이랑 있어도 괜찮아? 너, 그 선생님이랑 온종일 같이 있는 건 죽어도 싫댔잖아."

해리는 몸을 부르르 떨었다.

"물론 싫지. 그러지도 않을 거고. 난 지하 감옥에 딱 15분만 있다가 올 거야. 거기가 어떤 곳인지 둘러보고, 가방에 들어 있는 날카로운 무기가 뭔지 알아낼 동안만. 그러니까 9시 15분이 되면, 네가 선생님한테 사실대로 얘기해."

"송이를 고자질하란 말이야?"

"아냐! 그냥 있었던 일을 얘기하라고. 송이는 선생님이 나비 날개 이야기를 할 때 교실에 없었어. 그러니까 선생님도 송이를 혼내진 않을 거야. 송이는 아무것도 몰랐으니까. 그럼 선생님은 미안해져서 나를 데리러 오겠지."

해리는 잠깐 말을 멈추었다가 다시 이었다.

"안 되겠다, 10분만 하자. 선생님한테 9시 10분에 얘기해."

나는 고개를 설레설레 저었다.

해리는 지금 자기가 무슨 짓을 하려는지 모른다.

해리의 커다란 검은 가방 작전이 성공하느냐 못하느냐는 두 가지 중요한 일에 달려 있었다.

먼저 해리가 용기를 내야 한다.

그리고 나는 송이의 잘못을 일러바쳐야 한다.

하지만 어느 것도 잘되리라는 보장은 없었다.

해리가 지하 감옥으로 가다

이튿날 아침, 해리는 여느 때의 해리가 아니었다.

해리는 교실로 들어오더니 곧장 자리에 앉아 팔짱을 꼈다.

평소의 해리라면 절대로 그러지 않는다.

내가 물었다.

"괜찮아?"

해리는 고개를 끄덕였다.

그 순간 나는 문득 깨달았다.

해리는 선생님이 마음을 바꾸어 자기를 지하 감옥에 보내지 않았으면 하고 바라고 있었다.

나는 교실을 둘러보았다. 송이는 아직 보이지 않았다. 혹시 오늘 학교에 오지 않으려는 걸까?

선생님이 책상 위에 놓인 카네이션을 보았다.

"누가 갖다 놨니?"

해리가 손을 들었다.

"제가요. 나비 주려고요. 나비는 꽃꿀을 먹잖아요."

그러고는 이를 반짝이며 씨익 웃었다.

해리는 나름대로 어제 일을 사과하고 있었다.

선생님도 해리를 보며 생긋 웃었다.

"정말 생각이 깊구나! 고마워, 해리."

선생님은 카네이션 꽃송이 세 개를 톡톡 따서 그물망 바닥에 내려놓았다.

작은멋쟁이나비 두 마리가 곧바로 꽃송이에 팔랑팔랑 내려앉았다. 우리는 나비들이 꽃잎 냄새를 맡는 모습을 가만히 지켜보았다.

잠시 뒤, 스쿠그해며 선생님이 교실 문 앞에 나타나

자, 반 아이들 모두가 그쪽으로 고개를 돌렸다.

내 뒤에서 덱스터가 소곤거렸다.

"우아, 진짜 이상한 선생님이다."

다른 애들은 선생님이 눈썹에 귀걸이를 했다며 쑥
덕거렸다. 해리 말대로 선생님 머리는 수세미 같았다.

그 순간 해리의 모습이 눈에 들어왔다.

해리는 손을 꼭 포개고 눈에 보이지 않는 드릴로 책

상을 덜덜덜덜 박고 있는 것 같았다.

"무서워?"

내가 묻자, 해리가 착 쏘아보았다.

"내가? 무섭다고? 말도 안 돼!"

그러더니 나지막이 속닥거렸다.

"안 되겠어. 5분만 하자. 9시 5분이 되면 선생님한테 말해 줘."

나는 시계를 쳐다보았다. 8시 58분이었다.

"알았어, 해리."

하고 나는 대답했다.

지금은 송이가 없으니까 고자질을 해도 덜 미안하겠지.

선생님이 말했다.

"여러분, 이분은 쿠그해머 선생님이에요."

"쿠그해머가 아니라, 스쿠그해머입니다."

스쿠그해머 선생님이 바로잡자 모두들 와하하 웃음을 터뜨렸지만, 해리는 웃지 않았다.

우리 선생님이 말을 이었다.

44

"안됐지만, 해리는 오늘 하루 동안 스쿠그해머 선생님이랑 같이 벌방에 있을 거예요. 해리가 내일 더 좋은 모습으로 돌아왔으면 정말 좋겠군요."

메리가 팔짱을 딱 꼈다.

"우리 반에서 해리가 맨 먼저 벌방에 갈 줄 알았어."

스쿠그해머 선생님은 붉은 턱수염을 쓰다듬으며 문 앞에서 기다리고 있었다. 검은 가방은 메고 있지 않았다. 아마도 지하 감옥에 두고 왔겠지.

해리가 자리에서 일어났다. 해리는 사형장으로 끌려가는 죄수처럼 미적미적 책상 사이를 걸어갔다.

느릿느릿.

한 발짝, 한 발짝.

선생님이 해리에게 공부할 것들을 한 아름 안겨 주며 말했다.

"3시까지 다 해야 돼, 해리."

해리는 남자답게 '네.' 하고 말하려는 듯이 고개를 들었다.

그러다 책과 종이를 투두둑 떨어뜨렸다. 아이다가

일어나서 같이 주워 주었다.

마침내 해리는 물건을 다 챙기고 교실 문 앞에 섰다. 해리는 스쿠그해머 선생님보다 무려 60센티미터쯤이나 작았다.

해리가 마지막으로 나를 돌아보며 다섯 손가락을 쫙 펼쳤다. 나는 너무 마음이 아팠다. 내 친구는 아무 잘못도 없었다. 짓지도 않은 죄를 뒤집어쓰고 지하 감옥으로 끌려가고 있었다.

도대체 왜?

울룩불룩 튀어나온 커다란 검은색 가방에 뭐가 들어 있는지 궁금해서?

하지만 해리는 이제 가방 따위는 안중에도 없을 것이다.

갇히다

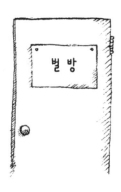

   9시 1분에 '콩 방송'이 나왔다. 교장 선생님이 방송으로 착한 일을 한 아이들의 이름을 불러 주었다.

   우리 2학년 2반 차례가 오자, 모두들 자기 이름이 나올까 싶어 귀를 쫑긋 세웠다.

   "메리는 시키지도 않았는데 점심을 먹고 나서 식탁을 치웠군요.

   아이다는 수학 시간에 다른 친구들에게 분수를 가르쳐 주었고요.

시드니와 송이는 도시락을 집에 놓고 온 아이와 점심을 나누어 먹었네요."

시드니가 불쑥 끼어들었다.

"내가 엄청나게 커다란 쿠키도 주고, 당근도 주고, 또……."

선생님이 "쉬잇!" 하고 조용히 시켰다.

"더그는……."

내 이름이 나오자 나는 몸을 앞으로 쑥 내밀었다.

"발야구 경기에서 자기편이 졌을 때도 예의를 지켰군요. 맨 먼저 줄을 서서 악수를 했어요."

나는 무심코 해리 쪽을 돌아보았다. 해리가 있었다면, 손바닥을 짝 마주쳐 주었을 텐데. 하지만 해리 자리는 텅 비어 있었다.

나는 시계를 쳐다보았다.

벌써 9시 7분이었다!

콩 방송은 계속 이어졌다.

가엾은 해리. 해리는 씩씩한 아이라서 울지 않지만, 나는 마음속으로 해리가 엉엉 울고 있는 모습을

떠올렸다. 지금쯤 스쿠그해머 선생님이 해리를 책상
에 앉혀 놓고 쇠사슬로 꽁꽁 묶고 있겠지?

나는 방송이 끝나기만을 기다렸다.

마침내 9시 11분에 교장 선생님이 말을 마치자, 나
는 선생님한테만 몰래 이야기를 하려고 자리에서 벌
떡 일어났다.

그런데 선생님이 말했다.

"앉아, 더그. 중요한 소식이 있어."

선생님은 5분 동안이나 이야기를 했다. 내일 아침 신문에 우리 과학 동아리 기사가 실린다는 이야기, 도서실에서 빌린 책은 꼭 되돌려 주라는 이야기들이었다.

9시 21분.

해리는 아마 죽어 가고 있을 것이다.

나는 속이 바짝바짝 탔다. 해리를 보러 가야 했다. 나는 화장실에 다녀오겠다는 뜻으로 손가락 두 개를 들었다.

선생님이 고개를 끄덕였다. 나는 얼른 자리를 떴다.

교장실 옆을 지나가는데, 교장 선생님이

"뛰면 안 되지!"

하고 쩌렁쩌렁하게 외쳤다.

나는 걸음을 늦추었다.

나는 남자 화장실로 들어가 주위를 둘러보았다. 아무도 없었다. 이번에는 계단 아래 체육관을 내려다보았다. 체육관에도 사람이 없었다.

나는 체육관으로 가는 계단을 허겁지겁 내려가면서, 맞은편에 있는 옛날 음악실 문이 열려 있는 것을 보았다.

바로 저기다.

저기가 지하 감옥이야.

나는 발끝으로 살금살금 걸어갔다. 스쿠그해머 선생님한테 들킬 수도 있으니 감옥 안을 들여다보지는 못하겠지만, 소리를 들을 수는 있었다.

몰래 엿들어야 한다.

나는 감옥 문에 되도록 가까이 다가가 가만히 기다렸다.

안에서는 딱 한 사람 목소리만 났다.

스쿠그해머 선생님 목소리였다.

"날카롭다. 찔리면 아파."

나는 움찔 물러났다.

철퇴였다.

스쿠그해머 선생님이 해리와 5학년 형들한테 철퇴

를 휘두를 작정이었다.

나는 체육관을 쌩하니 가로질러 허겁지겁 계단을 뛰어올랐다. 선생님한테 사실대로 털어놓기로 마음 먹었다. 지금 당장!

그런데 교실로 돌아와 보니, 송이와 송이 엄마가 선생님이랑 이야기를 나누고 있었다.

'아, 안 돼!'

송이가 학교에 왔다.

나는 자리에 앉아 세 사람이 이야기하는 모습을 지켜보았다. 어쩌면…… 어쩌면 송이가 모든 것을 털어놓고 있는지도 모른다.

나는 가만히 기다려 보았다.

시계를 보니 9시 44분이었다.

마침내 송이 엄마가 교실에서 나가고, 송이가 자리에 앉았다.

하지만 선생님은 그저 《바솔러뮤와 우블렉》(《바솔러뮤 커빈즈의 모자 500개》의 주인공 바솔러뮤가 나오는 다른 그림책 : 옮긴이)만 읽어 줄 뿐이었다. 이제는 내가 나서는 수밖에 없었다.

바로 내가.

송이가 한 일을 사실대로 말해야 한다.

그리고 해리를 구해 내야 한다.

나는 손을 쳐들었지만, 선생님이 고개를 저었다. 선생님은 책 읽기 시간에 누가 끼어드는 것을 싫어한다.

그래서 나는 10시 30분이 다 되어서야 겨우 기회를 잡았다.

"선생님."

"왜 그러니, 더그?"

"어제 나비한테 있었던 일 말인데요."

모두가 나를 쳐다보았다.

송이도.

송이의 눈에 눈물이 맺혔다.

"어, 그게……."

"응?"

"송이가……."

나는 아차 싶었다. 결국 송이의 이름을 꺼내고 말았
다.

"송이가?"

송이는 책상 위로 고개를 푹 떨구었다.

"송이가…… 나비한테…… 설탕물을 줬어요."

"그래, 그랬지. 송이가 어제 선생님 조수였으니까.
나비는 단물을 먹어야 힘이 세진단다. 이따가 쉬는 시
간에 나비를 날려 보내자꾸나."

아이들이 어우 하고 소리치자 선생님이 덧붙였다.

"자유는 소중한 거야. 나비들도 당연히 자유를 누려야지. 우리 나비들은 아직 진짜 나무를 한 번도 못보았잖아. 하늘도, 풀도 못 보았고."

자유.

해리는 책상에 쇠사슬로 꽁꽁 묶여 있었다.

어쩌면 또다시 철퇴에 손가락이 찔려 피를 흘리고 있을지도 모른다.

나는 방금 가장 친한 친구가 온종일 지하 감옥에 갇혀 있게 해 버렸다.

나비들이 그물망 안에서 이리저리 날아다니는 모습을 보니, 해리가 떠올랐다.

해리도 저 나비들 같았다.

해리도 꼼짝없이 갇힌 신세였다.

자유!

　도무지 수업 내용이 머리에 들어오지 않았다. 자꾸
만 해리가 걱정되었다.
　해리는 아마 나를 미워하고 있겠지.
　내가 해리의 기대를 저버렸으니까.
　그렇다고 송이를 고자질할 수도 없었다. 친구의 잘
못을 일러바치는 짓은 죽어도 할 수 없다.
　점심시간에 메리가 말했다.
　"아까 해리랑 5학년 오빠 두 명을 봤어.

식판을 들고 한 줄로 서서 걸어가더라. 다들 입도 벙긋하지 않던걸. 그냥 얌전히 스쿠그해머 선생님을 따라 벌방으로 갔어."

"해리는 어땠어?"

하고 송이가 물었다. 송이는 점심을 깨작이고 있었다.

"얼굴은 못 봤는데, 고개를 푹 숙이고 있었어."

시드니가 당근을 아삭아삭 씹으며 말했다.

"발목에 쇠공이 달린 사슬이 묶여 있었어?"

메리가 끙 소리를 냈다.

"아니."

내가 물었다.

"스쿠그해머 선생님이 채찍을 들고 있었어?"

메리는 얼굴을 찡그렸다.

"도대체 언제 적 얘기를 하는 거야? 너희가 말하는 건 중세 시대 지하 감옥 모습이라고."

나는 콩을 쿡쿡 찌르다가 포크를 내려놓았다. 배가 고프지 않았다.

송이도 그런 것 같았다. 송이는 타코(동그랗고 얇은 빵에 고기와 채소 등을 얹어서 반으로 접어 먹는 멕시코 음식 : 옮긴이)를 입에 대지 않았다.

그날 오후 쉬는 시간에 우리는 밖으로 나갔다. 선생님은 나비가 들어 있는 커다란 노란색 그물망을 가지고 나왔다. 선생님이 라일락 나무 옆 잔디밭에서 걸음을 멈추자, 우리는 선생님 곁으로 모였다.

"좋아, 이제 그물망을 연다. 작은멋쟁이나비 다섯 마리가 어디로 날아가는지 잘 보렴."

선생님이 그물망을 열었다.

시드니가 소리쳤다.

"저기 한 마리 날아갔어! 저 나무 위로."

아이다가 말했다.

"라일락 나무 위에도 한 마리가 앉아 있어."

덱스터가 손가락으로 가리켰다.

"저것 봐. 두 마리가 팔랑팔랑 하늘을 날고 있어. 와, 저 나무 맨 윗가지에 앉았어."

모두들 손뼉을 치며 소리를 질렀다. 그러고는 발야구를 하러 운동장으로 우르르 달려갔다.

나는 잔디밭에 털썩 주저앉았다. 도무지 발야구를 할 기분이 아니었다.

이윽고 모두가 교실로 돌아오자, 선생님이 그물망을 다시 천장에 매달지 않고 치우려고 했다.

그 순간 내가 말했다.

"잠깐만요. 아직 한 마리가 남아 있어요. 보세요!"

선생님은 의자에 올라가 다시 천장에 그물망을 달았다. 나비 한 마리가 카네이션 꽃송이에 앉아 있었다.

시드니가 소리쳤다.

"날개를 다친 녀석이야!"

메리가 화난 목소리로 말했다.

"해리가 건드린 나비잖아!"

그러자 송이가 벌떡 일어났다.

송이는 금방이라도 울음을 터뜨릴 것 같았다.

"내가 그랬어요. 해리가 아니에요. 해리는 나 대신 잘못을 뒤집어쓴 거예요."

반 아이들은 헉하고 놀랐다.

선생님이 송이의 자리로 걸어가 쪼그리고 앉았다.

그러고는 송이를 똑바로 바라보았다.

"선생님은 송이가 사실대로 말해 줘서 기쁘구나."

송이는 손으로 얼굴을 감싸고 울음을 터뜨렸다.

"잘못했어요, 선생님!"

내가 말했다.

"사실 송이는 잘못이 없어요. 선생님이 나비 날개
를 만지면 안 된다고 했을 때 송이는 교실에 없었으니
까요."

선생님이 말했다.

"그래. 송이는 살아 있는 것들을 잘 보살피지. 그리고…… 거짓말도 하지 않고."

나는 속으로 생각했다.

'이번에는 어쩌다 보니 스물네 시간이 지나서야 진실을 말하게 되었지만요.'

선생님은 책상으로 가서 쪽지를 적었다.

"더그, 이 쪽지 가지고 벌방 가서 해리 좀 데려와."

나는 "네!" 하고 소리쳤다. 그러고는 날듯이 교실 밖으로 뛰어나갔다.

이번에는 교장 선생님한테 들키지도 않아서 계속해서 뛰어갔다.

지하 체육관으로 내려가 보니, 벌방 문이 닫혀 있었다.

나는 평균대에 올라가려고 줄을 서 있는 아이들 옆을 재빨리 지나갔다.

그러고는 벌방 앞에서 걸음을 멈추고 문을 똑똑 두드렸다.

스쿠그해머 선생님이 나와서 쪽지를 읽더니, 들어오라고 했다.

나는 벌방 안을 흘긋 둘러보았다.

작은 방이다.

창문도 없다.

오로지 회색 벽뿐이다.

바닥도 시멘트 바닥.

벽에는 이런 글이 붙어 있었다.

조용히.

절대 자리에서 일어나지 않는다.

화장실은 오전에 한 번, 오후에 한 번.

점심도 여기서 먹는다. 먹을 때는 말없이.

그런 글을 읽으니 으스스 소름이 끼쳤다!

세 벽에 책상이 하나씩 놓여 있고, 책상마다 한 사람씩 앉아 있었다.

그중에 해리가 있었다.

스쿠그해머 선생님이 말했다.

"자, 해리는 이제 교실로 돌아가도 된다."

나는 해리를 보았다. 해리가 얼굴 가득 웃음을 지으며 나랑 손바닥을 짝 마주 치리라 생각하며.

하지만 해리는 그러기는커녕 얼굴을 찡그리는 게 아닌가?

해리가 물었다.

"종 칠 때까지 있으면 안 돼요, 선생님? 네?"

나는 귀를 의심했다. 해리가 스스로 지하 감옥에 있으려고 하다니!

해리가 말했다.

"이것 좀 봐, 더그. 이제 어려운 수학도 이해가 돼. 스쿠그해머 선생님이랑 같이 파인애플이랑 솔방울에 소용돌이 모양 선이 몇 개나 있는지 세어 봤거든."

나는 속으로 생각했다.

'뭐야, 그럼 그 검은 가방에 들어 있던 따끔한 건 파인애플이랑 솔방울이었단 말이야?'

"스쿠그해머 선생님은 수학 선생님이 되려고 공부

하고 있대. 선생님이 멋진 걸 잔뜩 보여 주었어. 너,
데이지꽃은 보통 꽃잎이 스물한 장이나 서른네 장인
거 아냐? 그런 걸 '피보나치 수열(1, 1, 2, 3, 5, 8, 13,
21, 34……처럼 1에서 시작해 앞의 두 수를 더하면 뒤의 수가 나오도
록 수가 배열된 것. 꽃잎의 수나 잎이 나는 차례 등 많은 자연 현상에서
피보나치 수열을 찾아볼 수 있음 : 옮긴이)'이라고 한대."

교실 한가운데 있는 책상 위에 온갖 물건이 놓여 있었다. 정말로 수학 공부를 잔뜩 한 것 같았다.

"스쿠그해머 선생님이 그랬어. 아무도 한눈팔지 않고 공부 다 했으니까, 이따가 콩 주머니 놀이 해도 된다고."

그러고 보니 스쿠그해머 선생님은 별 모양이 그려진 콩 주머니를 들고 있었다.

어떻게 이럴 수가.

지하 감옥에서 수학 공부를 하며 즐거워할 사람은 아마 해리밖에 없을 것이다!

하긴, 해리는 늘 끔찍한 일을 좋아했으니까.

나는 교실로 돌아와 우리 선생님한테 스쿠그해머 선생님이 써 준 쪽지를 주었다.

선생님이 물었다.

"종 칠 때까지 있겠다고?"

나는 고개를 끄덕였다.

그리고 송이를 보며 말했다.

"해리는 걱정 마. 잘 있으니까."

그러자 송이의 얼굴에 환한 웃음이 떠올랐다.

"날개를 다쳤던 나비도 이제 괜찮아. 창밖으로 날아갔어! 아까는 아직 마음의 준비가 안 돼서 밖으로 못 나갔던 거야."

나는 싱긋 웃었다.

해리도 아직은 마음의 준비가 되지 않은 것이다.

수지 클라인

1943년 미국 캘리포니아 주에서 태어나, 버클리 대학교를 졸업했다. 초등학교 선생님으로 일하면서 어린이 책을 쓰기 시작해 '해리', '송이', '허비 존스' 같은 현실적인 등장인물을 주인공으로 한 여러 편의 시리즈 책을 냈다. 오랫동안 아이들을 가르치면서 겪은 일을 바탕으로 꾸밈없는 웃음을 담은 이야기들은 "일상적인 교실 생활에 진정으로 어울리는 이야기.", "저학년 교실의 언어, 유머, 집단 역학을 포착하는 비범한 능력."이라는 평가를 받으며, 다양한 상을 수상했다.

"내가 쓴 이야기는 대부분 교실 생활과 우리 가족, 나의 어린 시절에서 비롯되었어요. 시간을 내서 글을 쓰기만 한다면 일상은 이야기로 가득합니다."라고 한 클라인은 '말썽꾼 해리' 이야기에 대해 이렇게 덧붙인다. "해리와 더그, 송이 이야기를 영원히 쓸 수 있을 것 같아요. 이 책들은 가족, 우정, 교실에 관한 것이고, 그 세 가지는 나에게 너무나 소중하거든요."

프랭크 렘키에비치

1939년 미국 코네티컷 주에서 태어났으며, 로스앤젤레스의 아트센터 학교를 졸업했다. 작가이자 일러스트레이터로 활동하면서 여러 작가의 어린이 책에 그림을 그리고, 직접 글을 썼다. 수지 클라인의 인기작 '말썽꾼 해리'와 '송이' 시리즈, 조너선 런던의 '개구리' 시리즈의 삽화가로 잘 알려져 있다. 만화 같은 흑백 스케치가 익살스러운 이야기와 잘 어울리는 '말썽꾼 해리' 시리즈는 '생동감 넘치는 글과 웃음을 불러일으키는 그림'의 결합이라는 평을 듣는다.

렘키에비치는 이렇게 말한다. "나는 늘 유머 분야에 끌렸습니다. 내가 만든 책을 어린이들이 읽고 있는 모습을 보면 짜릿합니다. 아이들이 빙그레 웃을 때도 좋지만, 깔깔 웃음을 터뜨릴 때는 정말 좋답니다."

햇살과나무꾼

어린이 책을 사랑하는 사람들이 모여 만든 곳으로, 세계 곳곳의 좋은 작품들을 소개하고 어린이의 정신에 지식의 씨앗을 뿌리는 책을 집필한다. 《꼬마 토드》, 《할머니의 비행기》, 《장화가 나빠》, 《에밀은 사고뭉치》 들을 우리말로 옮겼으며, 《놀라운 생태계, 거꾸로 살아가는 동물들》, 《신기한 동물에게 배우는 생태계》 들을 썼다.